Le premier Noël de Bob l'éponge

Créé par Stephen Hillenburg.

© 2004 Viacom International Inc. Tous droits réservés. Nickelodeon, Bob l'éponge et tous les autres titres, logos
et personnages qui y sont associés sont des marques de commerce de Viacom International Inc.

Publié par PRESSES AVENTURE, une division de
LES PUBLICATIONS MODUS VIVENDI INC.

5150, boul. Saint-Laurent, 1er étage
Montréal (Québec)
Canada H2T 1R8

Dépot légal : 3e trimestre 2004
Bibliothèque nationale du Québec
Bibliothèque nationale du Canada

Traduit de l'anglais par : Catherine Girard-Audet

ISBN 2-89543-225-2

Nous reconnaissons l'aide financière du gouvernement du Canada par l'entremise du Programme d'aide au
développement de l'industrie de l'édition (PADIÉ) pour nos activités d'édition.

Gouvernement du Québec — Programme de crédit d'impôt pour l'édition de livres — Gestion SODEC

Le premier Noël de Bob l'éponge

adapté par Kim Ostrow

basé sur la télésérie originale de Mr. Lawrence, Mark O'Hare,
Merriweather Williams, Derek Drymon et Stephen Hillenburg

illustré par C.H. Greenblatt et William Reiss

PRESSES AVENTURE

Bob l'éponge se glissa sans bruit jusqu'à la porte du dôme vert de Sandy.

« Ah ah ! Je vais surprendre cette Sandy avec un mouvement de karaté super sournois », dit Bob l'éponge.

Il jeta un coup d'œil par la fenêtre de Sandy juste au moment où elle allait brancher ses lumières de Noël.

Aussitôt que l'arbre s'éclaira, Bob l'éponge s'écria : « Au feu ! Au feu ! Ne t'inquiète pas, Sandy, j'arrive ! »

Sur ce, il enfonça la porte et lança un seau d'eau sur la tête de Sandy.

« Nom d'Alamo ! Qu'est-ce qui ne va pas avec toi, Bob l'éponge ? » demanda-t-elle.

« J'imagine qu'il n'y a pas d'incendie », répondit-il d'un air penaud.

« N'as-tu donc jamais vu un arbre de Noël ? » demanda Sandy.

« Noël qui ? demanda Bob l'éponge. Est-ce un ami du Texas ? »

Sandy s'assit alors et raconta tout à Bob l'éponge à propos de son jour de fête favori. Elle lui raconta tout à propos des lutins fabriquant des jouets et des rennes volants, à propos des biscuits de Noël et des bas accrochés à la cheminée, et, le meilleur, elle lui raconta tout à propos du Père Noël.

Bob l'éponge accourut alors au Crabe Croustillant afin de raconter tout ce qu'il savait de Noël à ses amis.

« Et tout le monde doit prétendre aimer le gâteau aux fruits, rapporta Bob l'éponge. Mais la meilleure partie est que tu peux écrire une lettre à ce type, le Père Noël. Tu n'as qu'à lui dire ce que tu désires et il te l'apportera. »

« Je ne sais pas pour vous, bêtas, dit M. Krab's, mais n'importe quel gars qui me donne des choses gratuites est mon ami ! »

« Voilà la bonne façon de penser ! s'écria Bob l'éponge. Voici du papier. Vous pouvez tous commencer à écrire vos lettres. »

Carlo le calmar roula les yeux. « Je n'arrive pas à croire que quelqu'un puisse célébrer le jour où un rôdeur joyeux pénètre dans sa maison et laisse des cadeaux. »

« Allons, Carlo le calmar, écris une lettre »,
supplia Bob l'éponge.

Carlo le calmar secoua la tête. « Grandis, veux-tu ? Personne
ne va m'offrir un cadeau simplement parce que
je lui ai écrit une lettre. »

Patrick tentait d'écrire sa lettre, mais le papier ne cessait de se déchirer en deux. Bob l'éponge lui montra comment faire.

« Cher Père Noël, écrit Bob l'éponge en commençant sa propre lettre. Vous devez vous demander ce que je désire pour Noël. Tout ce que je désire est que vous visitiez la charmante population de Bikini Bottom. Voilà mon souhait. »

Plus tard ce jour-là, Bob l'éponge montra à Patrick son invention pour envoyer des lettres au Père Noël. « Tu vois, Patrick, tu mets ta lettre dans la bouteille, tu rentres la bouteille dans la machine et, alors, tu allumes la mèche dans le trou ! » indiqua-t-il tandis que la bouteille s'élançait hors de Bikini Bottom, vers la surface.

« C'est clair ! dit Patrick. Envoie la mienne ! »

« Qu'as-tu demandé ? » questionna Bob l'éponge en chargeant la bouteille de Patrick.

« Une autre feuille de papier », dit Patrick en soupirant.

Je pourrais avoir
un nouveau chapeau.

J'aimerais avoir un verre d'eau
pour mon dentier.

J'ai besoin d'une nouvelle
coupe de cheveux.

Bientôt, tous se présentèrent avec leurs souhaits glissés dans des bouteilles. « Quel est ton souhait, petite fille ? » demanda Bob l'éponge.

« Mes dents de devant », répondit-elle avec espoir.

Carlo le calmar se tailla alors une place dans la foule.

« Quel est ton souhait ? » lui demanda Bob l'éponge.

Carlo le calmar fronça les sourcils. « Mon désir est que les gens de Bikini Bottom arrêtent de porter attention à cette salive ridicule qui ne cesse de jaillir de cette bouche de crétin. »

« Waouh, Carlo le calmar, dit Bob l'éponge en souriant, le Père Noël m'apportera peut-être un dictionnaire pour que je puisse comprendre ce que tu viens de me dire ! »

« Maintenant que nous avons convoqué le Père Noël, annonça Bob l'éponge, nous devons nous préparer pour son arrivée. » Tous s'animèrent alors.

Lorsque Bob l'éponge s'aperçut que Carlo le calmar n'avait toujours pas envoyé sa lettre, il accourut chez lui afin de l'aider. « Je n'écrirai pas une lettre à une parcelle de ton imagination, Bob l'éponge ! » s'écria Carlo le calmar.

Bob l'éponge ouvrit grand les yeux. « Mais, Carlo le calmar, lorsque le Père Noël viendra, tu seras le seul à ne recevoir aucun cadeau ! »

« Combien de fois devrai-je le répéter ? Je ne crois pas au Père Noël ! » s'écria Carlo le calmar.

Cette nuit-là, tous sauf Carlo le calmar restèrent éveillés toute la nuit pour attendre l'arrivée du Père Noël. Le jour se pointa... mais pas le Père Noël.

« Hé, où est le Père Noël ? » demanda un petit poisson.

« Hum... Il devrait être là dans quelques minutes ! » dit un Bob l'éponge très fatigué.

« Merci pour les mensonges, M. Conte de Fées ! » dit un gros poisson.
Un par un, ils laissèrent Bob l'éponge attendre seul.

« Où est l'esprit de Noël ? leur demanda Bob l'éponge. Il est
probablement seulement en retard ! »

« Oui, il a probablement dû s'arrêter le temps de prendre
un sandwich », dit Patrick en essayant d'aider.

Lorsque Carlo le calmar se réveilla ce matin-là, il regarda par sa fenêtre. Il ne vit aucun signe du Père Noël.

« Joyeux Noël ! » dit Carlo le calmar en dansant et en riant autour de Bob l'éponge.

« Tu avais raison. Il s'agit d'une journée stupide, s'écria Bob l'éponge en enfonçant sa tête dans le sable. Mais j'aimerais quand même te donner ceci. »

Bob l'éponge tendit une boîte emballée proprement à Carlo le calmar.

« Je l'ai préparé pour toi, pour que tu ne te sentes pas oublié lorsque viendrait le Père Noël », dit Bob l'éponge, ses yeux se remplissant de larmes.

« Oh… Je… Hum… Je ne sais pas quoi dire », dit Carlo le calmar.

« Tu es le bienvenu », répondit Bob l'éponge. Il pleura jusqu'à chez lui.

« C'est probablement un filet à méduses. Ou alors un vieux pâté de crabe. Ou ses sous-vêtements préférés ! » dit Carlo le calmar en déballant son présent.

Lorsqu'il ouvrit la boîte, il trouva une clarinette fabriquée dans du bois marin avec son nom sculpté dessus. Carlo le calmar appuya sur un bouton, et trois petits Carlo le calmar apparurent et se mirent à jouer de la musique !

« Oh, je me sens terriblement mal. Qu'ai-je fait au pauvre Bob l'éponge ? »

Carlo le calmar regarda par la fenêtre
et aperçut Bob l'éponge en train de
pleurer en enlevant ses lumières de Noël.
Tout à coup, Carlo le calmar eut une
brillante idée...

« Ho ! Ho ! Ho ! » s'écria Carlo le calmar du dessus de son toit.

« Allô ? Qui est là ? Quoi ? Montre-toi ! » dit Bob l'éponge en se retournant pour apercevoir la source de cette voix.

« Juste en haut, bourrique… Je veux dire… Joyeux Noël, mon petit ! » dit Carlo le calmar.

Bob l'éponge regarda sur le toit et ses yeux s'agrandirent.

« Est-ce que… Est-ce que ce serait possible ? » demanda-t-il.

« Oui, c'est bien moi, le Père Noël ! Ho ! Ho ! Oups ! » dit Carlo le calmar en dégringolant du toit et en atterrissant directement sur son nez !

Bob l'éponge était tellement énervé que tout ce qu'il pouvait faire était de courir en rond en criant : « Tu es le PPPPPère… PPPPPère… P, P, P… »

« D'accord, maintenant calme-toi », dit
Carlo le calmar.

« Je savais que tu viendrais ! s'écria
Bob l'éponge. Où est ton gros bedon ? »

Carlo le calmar dut penser. « Hum…
Ceci est le résultat de… hum… la pression
sous-marine sur mon corps ! »

« Où sont tes rennes ? demanda Bob l'éponge. Et ton traîneau volant ? »

Une fois de plus, Carlo le calmar dut penser rapidement. « Hum… Je les ai prêtés au lapin de Pâques ! »

« Et que se passe-t-il avec ton nez ? ajouta-t-il en appuyant sur le long nez de Carlo le calmar. Je savais que tu étais censé avoir un gros nez, mais cette chose est gigantesque ! »

« Ça suffit, dit Carlo le calmar, agacé. Je suis le Père Noël. »

Bob l'éponge le serra très fort dans ses bras. « C'est le plus beau cadeau que tu pouvais me faire. Merci d'avoir apporté Noël à Bikini Bottom. »

Carlo le calmar regarda dans les grands yeux remplis de larmes de Bob l'éponge et dit : « Je n'ai pas apporté Noël à Bikini Bottom. C'est toi qui l'as fait. »

« Moi ? » demanda Bob l'éponge en ne pouvant y croire.

À cet instant précis, un petit poisson femelle s'approcha de Carlo le calmar. « As-tu un cadeau pour moi, Père Noël ? » demanda-t-elle.

« Hum… Juste un instant », dit Carlo le calmar. Il jeta un regard dans sa maison afin de trouver quelque chose à lui offrir, et en ressortit avec une clé anglaise.

« Merci, Père Noël ! » dit-elle, enchantée par son cadeau.

« Hum, dit Carlo le calmar en haussant les épaules. Ça m'a presque fait sentir bien. »

Lorsque Carlo se retourna, tous les habitants de Bikini Bottom faisaient la file sur sa pelouse en attendant un cadeau de la part du Père Noël. Carlo le calmar remit à chacun d'eux quelque chose provenant de sa maison et, avant qu'il ne puisse s'en rendre compte, il avait offert tout ce qui lui appartenait.

« À quoi ai-je pensé ? s'écria-t-il. J'ai offert toutes mes choses pour que Bob l'éponge ne soit pas triste. Suis-je devenu fou ? »

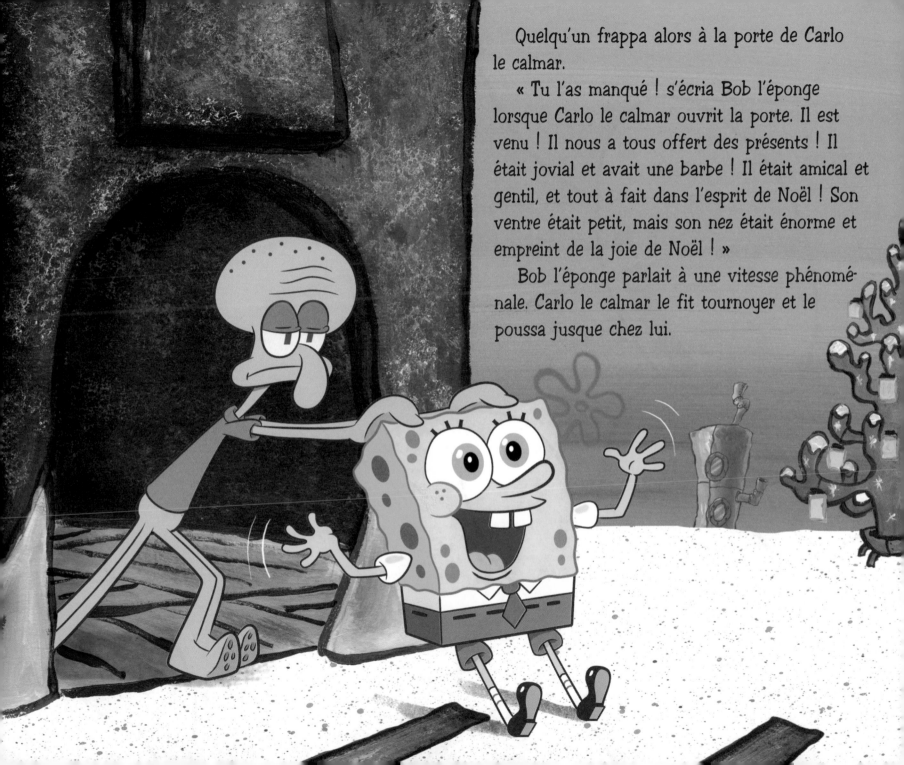

Quelqu'un frappa alors à la porte de Carlo le calmar.

« Tu l'as manqué ! s'écria Bob l'éponge lorsque Carlo le calmar ouvrit la porte. Il est venu ! Il nous a tous offert des présents ! Il était jovial et avait une barbe ! Il était amical et gentil, et tout à fait dans l'esprit de Noël ! Son ventre était petit, mais son nez était énorme et empreint de la joie de Noël ! »

Bob l'éponge parlait à une vitesse phénoménale. Carlo le calmar le fit tournoyer et le poussa jusque chez lui.

« Eh bien, au moins c'est fini », dit Carlo le calmar en soupirant. Il jeta un coup d'œil par terre et aperçut une lettre dans une bouteille juste au pied de sa porte. « Qu'est-ce que c'est que cela ? » se demanda-t-il à voix haute.

Cher Carlo le calmar,
merci de ton aide précieuse.
Tu as vraiment été un très gentil garçon cette année.
Meilleurs vœux !
Père Noël

Carlo le calmar regarda en haut et jeta un coup d'œil sur le vrai Père Noël, avec tous ses rennes volant au-dessus de lui.

Carlo le calmar souffla alors sans sa clarinette.

« Oui, dit-il, je suis devenu fou. »